アルゴンキン

小野雅敏歌集

Masatoshi Ono

短歌研究社

アルゴンキン　目次

ジョッキ　9
桜　村　11
群　青　16
雛のほほ　20
ゴーシュ　23
ひぐらし　26
オリオン　29
屋　台　33
グック　ググルク　36
酒　粕　42
億　年　44
一筋の毛　47
タチアフヒ　50

あきづ　53
生　酒　60
目覚めえぬ　62
修学旅行　67
陶芸家　70
会　議　72
てるさん　75
本　復　78
雨　水　82
ロクロ　85
グラビトン　87
猛　暑　89
楽　聖　91

ポスター 94
目 薬 96
惚 け 99
ナメクヂ 101
晩 酌 104
外神田 107
無花果 110
目覚め 113
文 明 115
ゴンドラ 118
キャニオン 120
プレート 122
老 女 125

魂柱 128
パソコン 130
柿若葉 132
御影堂 135
ハングル 139
洗顔 141
稲の匂ひ 145
薔薇 147
歯科 149
技術将校 153
山茶花 157
喜寿 159
見たり 165

早春賦 167
禿　頭 171
退　職 173
古　城 177
ブラボー 179
カンガルー 182
蔓紫陽花 184
解　説　坂井修一 187
あとがき 199

アルゴンキン

ジョッキ

リスボンの旧きホテルに眠られず見つめる海面《うなも》白み初めたり

山頂駅　三七七七m

モンブラン富士の高みに仰ぎ見る　汝は海の底に在りしや

バーゼルの路地伝ひゆく速弾きのチェロの音放つ若き楽師よ

ジョッキにて新酒を空けし赤ひげの友らは地元ウィーンの人

夕日射すドゥブロブニクの城壁にツバメの群れの影の行き交ふ

桜　村

花殻は五枚葉残し切るものと教へし母の白き薔薇咲く

水玉を抱きて重き紫陽花の揺れに遅れてあげは羽ばたく

バラタナゴ金魚小雀カブトムシ葬《はぶ》りて置きぬ庭の小石よ

加曾利式土器片探し庭土を掘りて至りし我が家の土台

庭土に混じれる厚き土器片の匠の裔は今は何処《いづこ》に

筑波嶺の杉の林に一本のさくら閃く炎のごとく

泥付の筍を置き行きたるはかや葺き屋根の寡黙な主か

竹の子の節の間に畳まるる未来を食めばゐぐみ広がる

キンモクセイ門に香れる季はめぐり　この家を建て二十八年

梅雨の間の白き流星一閃に唱へそびれし願ひは残る

急坂を自転車に乗り降り行きて青田の道を筑波嶺目指す

萌黄なる斑模様を筑波嶺に押し上げゆくは春のエナジー

若葉もて重ね重ねし点描は柿の林を塗りつくしけり

夕焼けに筑波山より眺めたるビル影の群れ生家のあたり

群青

春眠へ戻りつつ聞くほととぎす我が家を高く越えて行くらし

指を折り手首を回し逆しまに足踏みをしていざ起き出でむ

ニキビ跡今朝の鏡に影もなくラメに紛へる白き髭増す

背を反らし両手を伸ばし思ひ切り欠伸をしよう猫に倣ひて

吾が胸は今宵仄かに温もりぬ賞与もありて待つ人もあり

群青の空の極みに飛び行かば直向きな思慕蘇りこむ

つかみたる鉄棒に体せり上げて夕日を浴びき初逆上がり

夕空に貼り絵のやうなイワシ雲ひとひらづつに茜うつろふ

中空にかそけき星の群れを見き「星は昴」と記せし女《ひと》よ

雛のほほ

女体山男体山より高きこと習ひ帰りて娘は告げぬ

二十二の娘が箸と視線止め物思ひせし夕餉のありき

つややかな女雛のほほにかげり無し娘が嫁ぎゆきたる後も

赤フハの丸顔こぶし白き衣娘の胸にふかく眠りぬ

ゐないゐないばあに驚き泣くまでの眼、口、鼻のスローモーション

地団太を踏みつつ泣ける幼子を抱き寄せる母泣きやむ幼

泣きじやくる子の言ひ訳を聞く娘その貌は吾が母に似てをり

ゴーシュ

昇る陽の光をくだき沖よりの新たなる波　新たなる風

夕焼けの海へ散り込む風花は真冬の王の蔵王の吐息

北上の畑、野に続く山並みの彼方の空にゴーシュを想ふ

砂浜の波音《なみおと》混じる爆音を曳きて空行く白き点あり

成田へと降下してゆく機の下に田植ゑの前の水田《みづた》連なる

大洋《おほうみ》のいづかたにあれ砂浜の千鳥は浪と花いちもんめ

ひぐらし

背に汗の滴が伝ふ夜半の闇受け入れ難き友の訃報よ

声のなき斎場に鳴るバイオリン　バッハのソナタ友はもう亡し

残されし日数は知らず蜩の声透き通り腹に染み入る

落ち葉焚く煙は昇り薄れゆき土に還るは明日の吾が身か

ていねいに折りたる紙のひかうきはやはらかに飛ぶ少年の日よ

古びたる写真の中の弟はいまだ幼く就学を待つ

イトトンボ休める細き葉の草は弟逝きし池のほとりに

新聞をよむ母の背に凭り難し年子の兄の五歳の吾は

オリオン

つくばへと宿替へをせしその冬は数無き星に星座紛《まが》へり

なだめつつ望遠鏡を見つめれば黄白《きしろ》の土星やはらかに揺る

ゆつたりと二度「福は内」「鬼は外」豆を打つなり父の仕草で

まだ寒きけやき並木の朝霧を深く吸ひ込み深く息吐く

収穫の終はりて黒き畑隅に残る五株の大葱坊主

枯れ木立連なる道の伸び行きて至れる空に日光の峰

ススキ退《ど》け北米原産黄花咲く休耕田の初霜の朝

畑道を犬の鋭き影追へば天頂にあり冬の望月

中天のオリオン座より降り来る冷気の中を家へ帰れり

朝霜にうづくまりゐし紫のビオラは立ちぬ薄き陽ざしに

この冬の層を重ねし霜柱車庫のコンクリ床を裂きたり

屋台

二つ三つバラ咲き残る晩秋のここ築地川銀座公園

多摩川の岸辺に見ゆる青きもの空と電車にテントのハウス

如月の市路《いちぢ》の普請数知れず建設業の金鉱なれば

憧れしスポーツカーは深紅にてバスに挟まり渋滞を行く

ワクワクとのぞく夜店の列過ぎて屋台の匂ひ闇に漂ふ

最終の「のぞみ」は体をきしませてビルの群れ居る海底に着く

グック　ググルク

なま玉子はじめて買ひて両の手に捧げて帰り落としたるかな

髭そりの鏡に映る吾が喉はツバメの雛の巣から出た首

雀の子巣より落ち来て手に取れば速き鼓動の胸暖かし

鳥篭の幼なすずめは次の日もすり餌も触れず親を呼びをり

縁日のヒヨコを育て上げたれど時告げし故かしはとされぬ

昇りたる雲雀の声は誇らしげ降りくる時は恥ぢ入るごとし

雄鳩は胸膨らませ速足にグックグッグルク連れ合ひを追ふ

西日射す十六階の窓近く二羽のカラスがもつれ飛びをり

鳩の群れビルを廻りて昇りゆく炎暑の朝を共に飛びたし

海風に乗りて崖から現れて顔を掠めて鳶反転す

夏空に高く輪を描く鳶の目に浜辺の吾は二足の虫か

夏草を刈る手に触れし雄雉のむくろの羽根の鮮緑色よ

秋風に向かひて高く青鷺は首を乙にしもがき飛び行く

望遠鏡視野いつぱいの月面を過《よぎ》りて二羽の鴨の影見ゆ

ヒマラヤを越え渡り行くアネハヅル薄き冷気に群れ乱しつつ

酒粕

高速の長き下りに日は沈み地平にいたる関東平野

筑波より観れば日暮れのビル群を抜け出で伸びる新電波塔

真壁まで一日二便のバスに乗り雛を見に行き酒粕を買ふ

億年

五大湖の段差の滝を見上げをり遊覧船の青合羽着て

億年の地層切り立つキャニオンに夏の陽昇りリスは実を食む

陽を待てば大渓谷の対岸に野火の煙が三筋昇れり

色残すアブシンベルのレリーフを百年もたぬ写真に写す

狼を真似るガイドの遠吠えはアルゴンキンの湿原に消ゆ

吾が庭に億年つづく種のありて孫の友なりダンゴムシとふ

一筋の毛

吾が猫は幼の強き頰《こは》擦りに三分ほどは立て合はずをり
茶毘済ませ運転すればその猫の一筋の毛が袖口にあり

夜空にも干支にも姿なけれども猫の気配は我が家に残る

口開けた猫の形の給水器庭に移せば鶫が来たる

その寿命こゆる余命のあてはなしショップの子猫買はずに帰る

玄関の扉《と》を開くるとき猫の声久しく聞かず幻にさへ

タチアフヒ

防潮の堤に登り汗拭きて見渡しし日の田老の家並

髭剃りの鏡に写る瞳孔は開きてゆけり揺れ強まれば

下陰《したかげ》に群れ立つ花の色濃ゆく地霊のごとく曼珠沙華咲く

さるすべり深紅色の傘となり畠隅の墓所覆ふ真昼間

だいだいの花を開きしタチアフヒ猛暑の昼に吾が汗笑ふ

炎熱に入道雲は湧き昇り極めて吾に雨を連れこよ

あきづ

尾の先でトンボが触れる水たまりその裏側はアリスの国か

蜻蛉らが飛び交ひをりし田の冬にほそやはらかき卵は眠る

春の田にオタマジャクシは突き進む尾びれにヤゴの食ひつきたれど

散策の田圃の風は蒸し暑くトンボを追ひし日の稲の香よ

あぜみちに伏せてヤンマを待ちしことわがトキメキの初めのひとつ

ボート漕ぐ君の帽子に止まりゐるハグロトンボも短きいのち

草原の驟雨の中を巡り飛ぶオニヤンマには雨滴見えずや

我が家の壁に揃ひてアキアカネ群れ休む日の再び来たれ

海を越え世代を継ぎて北へ飛び帰らざるとふウスバキトンボ

風止みて数を増しゆく赤トンボ中禅寺湖は紺深みゆく

連れ蜻蛉つの字になりて産卵す浅き稲田の水面を打ちて

夕暮れのススキに休むシホカラの羽根は茜のさざ波宿す

仰向けのトンボが滑らかに動く羽根の下には蟻の群れあり

灰色の化石トンボの羽根丈は三十センチ羽音聞きたし

羽根先が器に溶ける青蜻蛉エミール・ガレの壺を抱けり

公園の大オニヤンマの胴の中子供は次々滑り来るなり

宮殿の丸天井の画の空はヤンマの胴の清き水色

トンボーは冥王星を見出すも卒寿の前に惑星外に

クライド・トンボーは卒寿に逝去

生酒

滋味酸味酒精の刺戟統《す》べて好《よ》き名張の生酒《きざけ》ことしも届く

飲みながら友へ礼状書きあぐね四合壜のその酒も尽く

杜氏の甥なる友人へ礼状を呑みつつ書けば仮名文字笑ふ

友よりの新酒の礼に町内のこだはり農家のメロンを送る

目覚めえぬ

春雪の林の道の行き止まり轍は三度向き変へ戻る

たちまちにカルガモ迫る池の端パン持つ幼後ずさりする

鴨去りし洞峰沼の葦叢のみどりの葦は丈半ばなり

朝靄に朱幡の列現れて祠へ誘ふ畑中の道

朝靄に浮かぶ影絵の桐の樹に二羽の土鳩が羽づくろひする

日焼けした園芸員の指先がバラのシュートをパキポキと折る

急くやうな雉の声にて目覚めたり目覚めえぬ日もそのやうに啼け

ねむたくてねむくて昼をねむりしがさめてもねむくまたねむりけり　高野公彦『流木』

九文字の他は　ねむたしねむりたり　にて作りたる公彦の歌

雉の声優しくなりて近づけば生垣ゆれて雌の鳥は出づ

群雀むかひの塀に戻り鳴く米撒く翁病癒えたり

長引きし残暑和らぎ朝露にのうぜんかづら再び咲けり

補聴器を着けて初めて庭に出るやぶ蚊の羽音鮮やかに聞く

真夏日の龍泉洞の地底湖は今も変はらぬ底澄の青

修学旅行

電気屋の店先囲む大人達白黒テレビのプロレス隠す

道塞ぐ人垣あれど背伸びして丸い画面のプロレスを見き

分解し直しおほせし置時計気づけば夜明け吾五年生

ハモニカの箱に残れる数字譜はラジオで聞きし荒城の月

男声の「第五のコース古橋君」との放送を聴きし日のあり

紅色のひとすぢ乗せた素麺の今も忘れぬ流れの速さ

夕暮れの京の老舗のニシン蕎麦修学旅行で覚えたる味

陶芸家

碧《あを》色の動物紋の飾り楯夏王朝なる匠を偲ぶ

夏の国の龍の姿のトルコ石皇帝の眼の色を映すや

陶芸家ルーシー・リーの回顧展出でて露店に花瓶を求む

会議

朝八時作業の人が小走りに収集車追ふゴールデン街

威勢よき都をどりのチャンチキの音に舞妓の衣装進めり

顔色をテレビ会議で読むことの難《むつか》しければ諾否確かむ

真夜中の実験室のポンプ音止まりて目覚む停電の闇

共同の実験ノートは五十冊筆跡毎に作業は浮かぶ

忘年会終はりて帰る囲碁仲間皆が背負へる四角いカバン

てるさん　　九十九歳で亡くなった義母

白寿なる母は母の日花柄のタオルを抱きてきれいねと云ふ

嚥下するリハビリ終へし　てるさんとホームへもどる道に花散る

お手玉を投げ受け返すてるさんは間合ひ伸びつつ眠りに入りぬ

蜻蛉《とんぼう》は折り紙の色鮮やかに母の施設の壁に群れたり

百歳を知らぬ笑顔が晴れやかなアルバムを閉ぢ　てるさん偲ぶ

母の荼毘待ちゐる曾孫六人の柔らかな声に生涯思ふ

本復

上奥歯最後の一つを失へば入れ歯の左右バランスよろし

筑波嶺を見むと出づれば頂きに薄き雪あり本復の朝

微熱にて苦吟しをれば晩年の子規の矜持に思ひ至れり

週休が七日となりてコーヒーの日毎に違ふ香り楽しむ

髭剃りの鏡の中のご面相体調よりも元気さうなり

一指をずらし指折りくり返す右手左手湯船の中で

小学校同窓会の友の髪豊かに白く吾は少黒《せうこく》

腕相撲三年前に変はらずと力入れたり全治二か月

わが頭蓋のＭＲＩ画像には腫瘍写れど良性と聞く

サポーター外せど膝の痛みなし六十五歳の正月の朝

雨水

水切りを孫に見せむと拾ふ石ほの温かし雨水の河原

ふぞろひに水仙の葉は頭出す霜柱立つ土を持ち上げ

花びらの空を流るる風の夜は未知の国への旅を思へり

うす紅の花びら残る朝の道終りあること思ひて歩む

桜散り尽くしたる夜は幾万の楕円の赤き実は育ち初む

黄花咲く木香薔薇の乱れ枝その勢ひに押され切りゆく

ヰノシシに注意促す回覧板トクワヰナカなりつくば市内も

田の上を反転自在に飛行するツバメよ旨き虫を食むべし

ロクロ

霜をふむわが影の縁さやかなり雲間の月は牡牛座を行く

新緑も白き小花も赤き葉も去れど名は美《は》し満天星《どうだんつつじ》

冬の陽に土埃立つ造成地スギナの胞子も隠しをるべし

初めてのロクロに向かひ僅かにも急げば碗の縁は撓めり

グラビトン

梅雨晴れに田毎の色はまばらなり苗色の田に白鷺さやか

春休み孫を誘ひし陶芸に心がそれる湯呑はゆがむ

文庫本読む横顔に青年の翳りも浮かぶ十歳の孫

グラビトン見つけてみたしと言ふ孫の十一歳の貌を見るなり

バトン受けアンカーの孫六年生若衆めきて走り抜きたり

猛暑

調息のごとく動きを緩めゆき羽根を閉ぢたり青きアゲハは

炎天に旧友を訪ふ糀谷の路地風に乗る鉄切る匂ひ

猛暑日の陽を背負ひたる大けやき樹液循環激しかるべし

睡眠に良きＣＤを選ばんと聞き比ぶれば夜はさらに更く

台風の雲の流れに動かざる月は何処への出口だらうか

楽聖

晩年の楽聖による四重奏弦の和音の透徹に黙《もだ》す

足踏みのオルガンの音《ね》を思ひ出づドナウの岸辺さざ波寄する

ビオラにも旋律を弾く節あれば楽聖の曲われは親しむ

オルガンを噴き出るバッハのトッカータ空気を沸かし消えてゆくなり

オルガンの残響消えて輝きを増したるごときステンドグラス

カンタータ響き消えゆく会堂に身に戻り来る屈託のあり

楽聖の遺書とふ弦のカルテット古希過ぎし吾に親しみは増す

楽聖の交響曲のエンディングそのリフレインゆつたりと聞く

ポスター

ユニセフのポスターの子は吾を見し渇きと飢ゑと臭気を思ふ

難民の子の眼の縁に集るハエ見慣れたれども受け入れ難し

クリスティ読みたるあとは殺人のニュースの酷さしばし思はず

生き急ぐまた死に急ぐ難《むつか》しと夜明けに想ふ喜寿を迎へぬ

あるがまま感ずるままに振る舞へば猫になりたる心地するべし

目薬

コスモスのうす紅色の好もしさ疎開先にて出会ひし時も

幼き日臼のへりをば杵で打ち臼かけ餅に入りてしまひぬ

目薬を開けたる口に落としたりその味はひは幼き日にも

組立てし鉱石ラジオの音聞けばウラジオストック天気風向

店頭のテレビのプロレス見る吾らクラクションにも道開けざりき

筧より汲みて吃驚水とせし蕎麦屋の媼亡き八ヶ岳

惚け

小寒のつくばの山の梅林に濃香ながれ蠟梅咲けり

疎まれず憎まれもせぬ惚けざまを風邪長引ける夜更けに思ふ

夕暮れのつくばの森で出会ひしは犬に見ゆれど太く長き尾

ナメクヂ

切り刻み海に棄てなばその数に蘇へるとふヒトデ蠢く

水槽のイワシの群れの転回にグルグルキラキラ一尾とならむ

水を出で殻まで捨てしナメクヂの祖《おや》の覚悟に思ふことあり

ＵＦＯにまがふ四つの明かり持つ深海クラゲ何を食すや

帰り際お疲れさまと言はれしを素直に聞けり水泳クラブ

はじめ良しやがて失せゆく味はひは飢ゑの無き世の椀子そばかな

広島のアンテナショップのカキフライ銀座を歩く楽しみとなる

羽ばたきを止めて降りくる白鷺は着地直前　宙に留まる

晩酌

友祝ふ宴の盃に残りたる滴を吸ひて残心を干す

小半《こなから》の清酒晩酌しまひとし古希よりワイン　グラス一杯

酔ひさます冷気に仰ぐオリオンの右肩の星消えなむと言ふ

ツナ缶に卵を加へ炒めたる人参しりしり清酒の酒肴

真平《まひら》なる枯れ芝畑を突き破りモグラの小塚今朝も増えたり

小春日の犬の散歩はゆつたりと加齢を競ふ主《ぬし》としもべは

外神田

舗装路を横切り走るセキレイよ汝は清き河原を知らず

ドラム缶より生え伸びる藤の木は屋根を覆へり東糀谷

外神田小さなビルの象牙店白古びたるハンコやコハゼ

白糸がビルのてっぺんつなぎゆく神保町の飛行機雲よ

秋葉原朝行く人は地底より湧き出で急ぐ鼠群のごとし

秋葉原メイド喫茶のあるところ江戸時代には練塀町とふ

出生の増える兆しか若き女子優先席に数増しをるは

無花果

スーパーで再会したるイチジクは子供のころの倍の大きさ

熟れ過ぎし無花果の実の食感にカルタゴ国の興亡思ふ

ティレニアの海の夕日を眺めしか地動説とふ唱へし人も

ピレネーの崖つ縁行けばトロッコの列車を仰ぐマーモットの眼

石橋の下より響く手風琴バッハのフーガ雨のケルンよ

ギミリオのガレットの味中世の小氷河期をしばし思へり

アリゾナの砂漠の果てに日は昇る信じ難きは地動説なり

デジカメにアブシンベルの石の文字写し思へり保存期間を

目覚め

高齢者五年目となる立冬も灯油容器を両手に提げる

調子よくザクザクザクザクと落ち葉ふむ右足の萎え癒えたるは良し

プロポーズされたる夢に目覚めたり昨夜のドラマ艶やかなりし

内裏雛顔を揃へて前を見る相見ることの無き歳月よ

文明

十万年動かぬ地殻なしといふ国にウランの廃棄地ありや

黒点は消えて太陽冷めると云ふ温暖化説冬至に思ふ

下高津縄文時代は海辺とふ猛暑なるべし海高ければ

文明の寿命を超える半減期核廃棄物処理法は無し

原発の無害化までに五万年国の歴史は二千に満たず

ダンプカー人の曳きたるだんじりと同じ道行く文明国に

確実な自動ブレーキ普及こそ車社会の文明開化

六割の今の職種を十年で滅ぼすとかや人工知能

ゴンドラ

つくばより見ゆる日光連山に白根山頂白く突き出る

道迷ふ夢を破りし雉の声皐月の藪に誰を呼ぶらむ

筑波嶺へ向かふゴンドラ吹く風に杉の林は黄粉《きごな》を吐けり

月火星金星ならぶ冬の空わづかに霞む春の兆しよ

山腹に寺のあるらし麓より二列の桜連なりて咲く

キャニオン

崖つ縁に日の出を待てば渓谷を霧昇り来てメガネは曇る

驟雨去り大渓谷の対岸に濃さを増しゆく半身の虹は

ヒマラヤに資源豊かな国ありき今は自治なくチベット自治区

プレート

白人の冬の薄着はご先祖の氷河時代を耐へたる証し

大いなる三プレートの出会ふ場所富士の姿は常に新し

浜辺にて集めしヒスイの展示室寄付せし人を波は攫へり

糸魚川大火

耐雪の瓦の隙間より入りて火の粉は焼きぬ従弟の家も

シャンプーのCMの髪ゆれるさま情報技術進歩のあかし

百歳を超ゆる企業の八割は我が国にあり梅雨はあけたり

老女

竜神橋バンジージャンプの乙女子はためらひ飛んで三度跳ねたり

息白き老女を待ちて振り返りベージュの犬は畦道を行く

山つつじ農道わきの森に咲く薄き赤茶は浮世絵にあり

二年ぶり雉の鳴き声戻りたり草地に出でし若鳥細し

まひるまの花室川の両岸の菜の花のなか山羊ら草食む

次々と白鷺は来て田の畔に並びて農機止まるを待てり

飛蚊《ひぶん》とふ糸くづ浮かぶ曇天を軌道鋭利にツバメ飛び交ふ

吾が庭の花壇の木組み古びたり椴松伸びしこの二十年

魂柱

バイオリン大きく美《は》しき音の出る魂柱の位置見つかりし夜

魂柱の位置変へ試聴くり返し深夜となりし音楽部《ぶ》室《しつ》

自衛官のソプラノの声わたるとき避難所に満つ人の静けさ

ノクターン、インテルメッツォ、セレナーデもの憂く淡く消えゆくがよし

パソコン

大型は介護と荷役ミニチュアは踊り披露すロボット展示

パソコンのソフトのバグに気づかずに吾が愚を長く責めし春の夜

エコカーはゆるきテンポのソプラノで問はず語りに燃費を告げる

十人を超えるテレビの会議では頭《づ》の動きにて賛否判断

柿若葉

着ぐるみのマウスと握手怪訝なり四本指の手袋の中

点描のごとく増えゆく柿若葉明るく隠す林の奥を

水田の真中の車道走り行く湖水を滑り飛び立つごとく

稲の葉を日毎に増やし引きあげるお天道様と関東ローム

利根川の氾濫原に実る田を角の小さな墓地が守りて

内濠に松の確かな影写る大阪城の夏のジョギング

浜名湖の沖の小舟の釣り人は朝靄の中消炭の色

微かなる爆音連れて行く機ありベルト着用サイン消えしか

御影堂

東山魁夷の蒼き森写すみづうみ醸す冷気を感ず

鑑真の憧れしとふ日本《ひのもと》の樹林の藍を魁夷創りし

修復の唐招提寺より来たり静謐運ぶ障壁画はも

御影堂障壁画展出でしのち白梅の白静もりて見ゆ

釈迦牟尼を載せたる象に若冲は鋭き牙を六本描く

切れ長の大きなまなこ白き肌若冲の象鳴き声いかに

若冲の虫と病葉鮮《あざ》らけく蛙は干物のごとし不可解

閑散の陶芸美術館を出で陶炎祭の露店に向かふ

ガラス器の辻コレクション煌めくは乾隆時代の藤黄の花瓶

目黒川花見の雑踏抜け出でて桜の邦画美術館訪ふ

ハングル

核を積み日本に向けた弾道弾何基保有すロシア中国

ハングルで記録の残る怖れなし最終戦争ハルマゲドンは

男性の遺伝子変化に百万年人類の世はそこまで保つや

エジプトの陶器の紅《べに》の鮮やかさ永久に残るか核兵器断ち

洗　顔

自らの胃カメラの画は肌色の鍾乳洞を進むに似たり

眼鏡かけ入れ歯をはめて補聴器を着けたる吾はサイボーグなり

洗顔の朝の鏡に笑ひかけ今日会ふ人の眼差し思ふ

ヒラメ筋加齢と共に弱まるかしばしば身体泳げる吾は

写実画の一メートル超す死者の顔吾を描くやホキ美術館

腰痛に用心しつつ移植せしホスタの葉増え花穂《くわすい》十五に

逡巡の時間を縮め真つ直ぐな思ひを詠ひ喜寿を迎へむ

今年また六弁の花六つ付け彼岸花咲く命の形

梅雨晴れの中央通りの分離帯古き住人《すみびと》チガヤは光る

トロコイドヘッドライトを横切りぬ自転車との間危ふき近さ

稲の匂ひ

春浅き朝に弁当温かし遠足だけの鮭ゆで玉子

手をかざす香具師の口上真に受けて透視眼鏡を買ひし嬉しさ

畦道に網ふせヤンマ待ちし瞬《とき》思ひ出したり稲の匂ひに

薔薇

垣覆ふ木香薔薇は花多し原産国の民は逞し

真直ぐな太きシュートは証しなり吾が冬の施肥バラにほど良し

ダンゴムシ青きはウィルス感染と隣家の少女昨夏に明かす

木犀にヒヨドリの巣の在るを知り三羽巣立ちてまた剪定す

畑脇の稲荷神社の赤旗の八本毎に友の名はあり

歯科

キッパリと男と女分け難し街ゆく人も吾が感性も

歯石取る音は響きてキーシーギ歯科治療台ひぢ掛け握る

荒れそめし霞ケ浦の菖蒲園紫の花草むらを割る

農協の倉庫の裏に芥子の花増ゆれど主《ぬし》の職員は減る

暴風のゆゑに止まりし電車待つ人の静けき地下の湿気よ

数分の仮眠で消える睡魔なり卒寿の頃は数時間かも

舗装路に散らばり光る粒を見る雲母含むか産地は何処か

ドンマイと眼で応援す枯芝に赤と黄色のシニアサッカー

張りのある細き十割蕎麦の味十年保つ菊谷本店

技術将校

床の間の父のサーベル重ければ四歳のわれ父を畏れし

ドイツより潜水艦で運ばれしエンジン語る父誇らしく

陸軍の飛行学校内覧会巨大な胴の爆撃機あり

展示用機体の落とす模擬爆弾四つの吾の初の動転

終戦後印刷会社を始めたり父と仲間の陸軍将校

紙製の弁当箱を考案し父の会社の売り上げとなす

物作り励みて米《べい》に追ひつけと語りし父は技術将校

この歌への返歌が私の初短歌　一九九八・五

ひたすらに孫の茶髪を嘆く歌父の残しし唯一首なり

大動脈解離せし父かすれ声手術は要らぬ十分生きた

山茶花

バラの葉の一センチなるカマキリを追へばふはりと棘の間に

枯芝に土竜の小塚並びたり草抜く人の影も土色

山茶花の紅の花弁と黄の雄蕊霜をかぶりて朝に耀ふ

つくば駅ドアが閉まりて発車まで一秒程の無音・異次元

喜寿

年経れば骨の密度は減りゆけど喜寿となりても筋トレは効く

真空の昔の実験データーを論文にせむボケの防止に

胸中に面倒くさいと云ふ泡が消えにくくなる喜寿の証しか

齢重ね癖ある髭の増えたれば髭そる顔の伸縮可笑し

流星の光る刹那に必ずや唱へむ強き願ひを持ちて

孟宗は三十年後に花が咲く予測はあれど吾は喜寿なり

側道に茅《ちがや》の銀の穂は増える縄文の世は野を覆ひしや

やぶ陰のヤマブキに陽は射しいりぬ花と見まがふ黄葉の色

寒露過ぎオンブバッタは日向より日陰へ飛びて動かざりけり

桂林に咲くとふ女《め》の木思ふなりキンモクセイに白群《びやくぐん》の空

夕暮れの家路の脇の茶の畝にポップコーンか茶の花か散る

霜降《さうかう》の田に吹く風は鋤き込みし堆肥の匂ひ確かに運ぶ

北米にススキは茂りゴールデンロッドを退《の》ける外来種とは

黄葉の準平原の丘続くローレンシャンに夕日は沈む

水道の取水排水頼りたる数百の街ライン河畔に

寒風のニュルンベルクのスタジアム戻るべからず狂信の嵐

見たり

ゆるみたる顔にて見入る画面には起きなんとして子パンダまろぶ

庭先のミカンの花は密に咲き寄れば香りはクチナシに似る

林中の池に川鵜は降り来たる潜水時間の長きを見たり

十九時のデネブ明るき西空は鋭き冷気吹き出すごとし

早春賦

厨にて母の歌ひし早春賦　乙女のごとき声ぞ忘れじ

母と吾祖母を見舞ひし糸魚川「産みがらですわ」明るき応へ

十年の義母の介護の明け暮れも母はお花の稽古休まず

ボランティアの華道講師に母倒れ二週で逝けり言葉交はさず

医者嫌ひほぼ菜食の母逝きてその齢をば吾越えんとす

思ひ出づるおせち料理の母の味少し固めの黒豆ことに

寄合の前夜の夢に母は言ふだれもお前を責めはしないよ

中野より移植二年の亡母《はは》のバラ大輪となり銀朱に戻る

吾が庭に移したるバラ咲き初めてその香に母の花壇は浮かぶ

禿頭

秋晴れの鋭き陽射しを避けるがに図書館に入るこの禿頭は

図書館に折口信夫全集を開きて午後も大正時代

夢を追ふ研究と云ふ生業《なりはひ》も成果普及は死の谷の先

上向き寝イビキ疎まれ横向きに眠りし朝は腰痛むなり

退職

蝸牛管の音を捕へる細き毛は再生はせず銘すべきかな

嗅覚は遠い記憶も呼び覚ます吾は哀しむその弱まるを

しろそこひ父母は入院七日間　日帰り手術受けるか惑ふ

加齢とは消極と云ふ小さき粒脳《なづき》の内に増えゆくことか

右肩に聴けど痛みの訳知らず喜寿までの無事良しと応ふる

退職後半年たてど無職とふひそかな苦さ消える土日は

ショッピングモールを行けばウォーキング勧める掲示矢印もあり

スムーズに歩くリズムに紛れ入るひそかな乱れ加齢の翳り

可能性微かにあれば実験を続けし我を強情と思ふ

古城

黄と黒の市松模様の若衆にハイデルベルクの城で会釈す

ケンウッド桜並木に沿ふ芝生屋敷の子らがレモネード売る

二万年前の地震が倒したるルレイ洞なる鍾乳石よ
大地震鍾乳洞に跡あれば核廃棄物貯蔵に不適

ブラボー

雨靴に替へて思へり長靴で初めて入りし泥水溜まり

イタリア流熱血指揮のカバレリア・ルスチカーナにブラボー叫ぶ

クレーメル提琴ソナタの緩急に時の流れは伸び縮みする

春の夜の提琴ソナタの二楽章わが血のめぐり静まりてゆく

ユモレスク聞きつつ食すモンブラン笠間駅前喫茶店にて

年を経し木製家具の喫茶にはヘップバーンの白黒写真

カンガルー

カイツブリ岸に群れゐる桜川皆川に入る吾躓けば

つくば道脇なる溝の沢蟹はハサミ挙げしや江戸時代にも

潮だまりぬつたり動くアメフラシ陛下は茹でて召されしと聞く

子を連れて砂漠を進むカンガルー育児嚢にも子宮にも子が

蔓紫陽花

日を浴びて前屈すれば枯芝にイヌノフグリを踏みつけてをり

この春は病葉もなしハナミヅキ真白の花弁ゆうらりと散る

豪農の古き屋敷を支へたる壁の木組みは生成りの曲り

坂野家の庭の大樹に絡みたる蔓紫陽花は高きより咲く

豪農の裔の細身の青年は新種のバラを創り卸せり

妻好む一重のバラはうす紅につぎつぎと咲きはらはらと散る

ロンドンの人気のバラは乙女色アフリカ生まれ復興の星

解説

冥王の嘆き、狼の遠吠え

坂井修一

世の中には、達人というべきヒトがいる。彼らは自分ではそうは思っていないらしいのだが、発想が自在で、知的にも情的にも充実した生活を送っている。人当たりが柔らかで、心が開けていて、世界に対する態度が優しい。世俗にとらわれず、かといって世俗と離れすぎず、本物の楽しみを知っている。

私にとって小野雅敏といえば、まさにそういう達人のイメージなのだ。私が小野を知ったのは二〇一六年。彼が高齢になってからだ。実は、以前同じ研究所に勤務していたことがあるのだが、私が入所したときには、彼はすでに極限技術部長という地位にあり、気軽に話かけられる相手ではなかった。歌の世界であらためて出会ってみると、気さくな中に神経のゆきとどいた、雰囲気のある人物であり、知・情・意のバランスが良く、とても短歌に向いた人ということがわかった。若い頃にもっとお話しておけばよかったと思ったのだが、後の祭である。

たとえば、「虫」の歌をあげてみる。

夏空に高く輪を描く鳶の目に浜辺の吾は二足の虫か

吾が庭に億年つづく種のありて孫の友なりダンゴムシとふ

尾の先でトンボが触れる水たまりその裏側はアリスの国か

空を飛ぶ「鳶」の目で、自らを「二足の虫」と見直す。孫がダンゴムシと遊んでいると、これをあやしつつ、「億年つづく種」とはるかな時間を思いやる。トンボが水たまりの表面に降りてくるのを見て、裏面にルイス・キャロルの『不思議の国のアリス』の異世界を思い描く。

自己相対化、時空往還、そしてファンタジー。作者は平凡な風物に触れながら、非凡な精神世界の楽しみを味わい尽くそうとしているようだ。それも、さりげなく、自然に、緊張しすぎないように。

最後のトンボの歌を冒頭とする連作「あきづ」を、もう少し詳しく見てみよう。一連は十八首から成るが、その中の八首をあげてみる。

尾の先でトンボが触れる水たまりその裏側はアリスの国か

あぜみちに伏せてヤンマを待ちしことわがトキメキの初めのひとつ

ボート漕ぐ君の帽子に止まりゐるハグロトンボも短きいのち

海を越え世代を継ぎて北へ飛び帰らざるとふウスバキトンボ

仰向けのトンボが滑らかに動く羽根の下には蟻の群れあり

羽根先が器に溶ける青蜻蛉エミール・ガレの壺を抱けり

公園の大オニヤンマ胴の中子供は次々滑り来るなり

クライド・トンボーは卒寿に逝去

トンボーは冥王星を見出すも卒寿の前に惑星外に

場面は現在の田園風景から少年時代の昆虫採集、若き日の恋愛、そして現代の介護施設や公園へとめまぐるしく転回する。対象も生きているトンボだけではない。死骸となって蟻に運ばれるトンボもあれば、ガレの壺に彫琢されて青く輝くトンボもいる。トンボをかたどった公園の滑り台まで出てくる。

一首一首は落ちつき良くわかりやすいのだが、歌と歌の間は飛躍が大きく、ちょっと驚かされる。同じトンボを歌っても、一箇所にじっとしていない。空間を超え、時間を超え、トンボ本来の生き物としての性質を超えて、歌言葉は自在にワープしていく——作者は、連想の力が強く、心のうつろいが速いのだ。

特に、最後の冥王星の歌などは、ふつうの人が想像しない突飛な展開なのではないか。

トンボ＝昆虫 → トンボー＝冥王星の発見者
→ 冥王星は最近になって惑星からはずされたナ

こんな思いの連鎖が、一瞬で起こっている。

トンボからトンボーへ。音が似ているというだけで、ここまで思考が移ろうのは、ひとつは作者の科学者としての素養がさせたことだろうが、もう一つは、この人の精神生活の豊かさから来ることだと思う。

クライド・ウィリアム・トンボー（Clyde William Tombaugh）はアメリカの天文学者。冥王星の発見者である。一九九七年、九十歳で亡くなった。冥王星は、その軌道面や組成が地球など他の惑星と大きく異なることから、以前から「惑星ではない」と言われ続けた星だ。今世紀に入って冥王星より大きな太陽系外縁天体が見つかるなどしたため、二〇〇六年にはついに惑星の仲間からはずされることとなる。トンボー生前には、公式には外されていなかったのだが、彼が死ぬ頃には、学説として「惑星外」が強くなっていた。小野の一首はこのことを歌っている。

小野作品は淡々と事実を述べ多くを語っていないが、それでも三句「見出すも」あたりに、トンボーに対する同情が読みとれるだろう。天文学、もとい、科学技術の世界全般も、なかなかに人間臭いものなのであり、小野は自らの研究者としての経験を思い出しながら、トンボーの心情を思いやっているのだ。

こうしたトンボの歌のように、知性の奥に秘められた感情の動きを表したり、逆に感情の動きの背後にある知的な世界観を示したりすることは、小野の創作の中心的な課題のようだ。そして、それは、味わいのある作品を多く生み出している。

中空にかそけき星の群れを見き「星は昴」と記せし女《ひと》よ
北上の畑、野に続く山並みの彼方の空にゴーシュを想ふ
酔ひさます冷気に仰ぐオリオンの右肩の星消えなむと言ふ

空を見上げる。昴（＝プレヤデス星団）が見えれば、『枕草子』にこれを記した清少納言を想起する。岩手の空を見れば、宮沢賢治の『セロ弾きのゴーシュ』を思う。少し酒に酔ってオリオン座を見れば、赤色巨星ベテルギウスが近々超新星爆発を起こすことを思い出す。

現実の空を見ているうち、自分の中に長年蓄えられてきた知識が自然に引き出される。そして、思索と情念がさまざまに生まれてきては綾をなし、この二つの境界が模糊としてきたり、一体化してきたりする。どれもが現代の科学者らしい心の作用や反作用と見えるが、同時にこの作者には、人間らしいナイーブな心理のゆらめきが見られ、それが作品に温感を与えているようである。「かそけき」「消えなむ」などの文語も、そうした彼の精神によく符合しているようだ。

色残すアブシンベルのレリーフを百年もたぬ写真に写す
狼を真似るガイドの遠吠えはアルゴンキンの湿原に消ゆ
熟れ過ぎし無花果の実の食感にカルタゴ国の興亡思ふ
側道に茅《ちがや》の銀の穂は増える縄文の世は野を覆ひしや

世界を旅して歴史への思いに浸る姿も、この歌集を大きく特徴づけるものだろう。アブシンベル（エジプト）、アルゴンキン（カナダ）、カルタゴ（チュニジア）、縄文の世（日本）。どれも滅び果てたか、滅びに近い状態に置かれており、作者はこれらに触れながら、現代文明を相対化したり、人間としての自分の立ち位置を確認したりする。

掲出二首目はこの歌集の題名にもなった作品。ガイドさんは、北米原住民アルゴンキン族の末裔か。狼の遠吠えなど、彼らの文化として長く続いたものであり、湿原に消えてゆく声は、人類の歴史の中で今という時代が何であるのかを、反語的に象徴するものと言えよう。

エジプトの陶器の紅《べに》の鮮やかさ永久に残るか核兵器断ち

寒風のニュルンベルクのスタジアム戻るべからず狂信の嵐

核兵器やファシズムは、何万年という人類の歴史の中で、ごく最近に起こった特異な事象。しかしこれらによって、わずか一握りの狂信的な人々のために人類が滅びるかもしれない。われわれの祖先が長い時間をかけてつちかった心深い芸術文化を道連れにして。

＊

これまで見たように、小野雅敏の歴史観や世界観は、柔軟で幅広い人間性に根ざしたもので、それは作品にゆったりと大きなゆらめきを与えている。ひるがえって、より個人的な場でも、小野は小野らしい人間味を示し続けてきたようだ。次のような巧まぬユーモアをまとった歌に、このことはよく現れているだろう。

プロポーズされたる夢に目覚めたり昨夜のドラマ艶やかなりし

齢重ね癖ある髭の増えたれば髭そる顔の伸縮可笑し
上向き寝イビキ疎まれ横向きに眠りし朝は腰痛むなり
母と吾祖母を見舞ひし糸魚川「産みがらですわ」明るき応へ

最後の「産みがらですわ」の歌など読むと、小野の資質のひとつはこの祖母由来のものだなと、ちょっと合点したくなったりする。

＊

紙数も尽きた。小野雅敏というたいそう魅力的な歌人の第一歌集について、いくつかの観点から書いてみた。この本は、さらにたくさんの視点から多様な読まれかたをするべきだし、さまざまな人の目に触れて輝く歌がもっとたくさんあるに違いない。

最後に作者の本領を示す歌の中からいくつかあげて、この「解説」を終えたい。落ちついたシニアの視線を保ち、ふところ深くユーモアを湛えながらも、人間の魔性を見つめることをやめない。そんな文芸家の資質がこの達人の心の底に深々と横たわっていることを、読者諸賢は幾度も味わうことだろう。

ユニセフのポスターの子は我を見し渇きと飢ゑと臭気を思ふ

大いなる三プレートの出会ふ場所富士の姿は常に新し

大型は介護と荷役ミニチュアは踊り披露すロボット展示

釈迦牟尼を載せたる象に若冲は鋭き牙を六本描く

写実画の一メートル超す死者の顔吾を描くやホキ美術館

蝸牛管の音を捕へる細き毛は再生はせず銘すべきかな

つくば道脇なる溝の沢蟹はハサミ挙げしや江戸時代にも

あとがき

初めて短歌を作ってみたいと思ったのはテレビ放送の短歌大会を見て、歌を身近で魅力あるものだと感じた六十五歳の時でありました。その半年後、サンシャイン文化センターの短歌教室に入りました。以来、小島ゆかり先生の講座で学んでおります。二〇一五年からはつくば市の藝文短歌教室での米川千嘉子先生の懇切な添削のお蔭で詠草の数も増え、翌年に歌林の会に入会させていただきました。永らくかかわった技術研究とは異なり、喜怒哀楽、感銘などを文語で定型に納めて自分なりに表現できることもあり、その魅力に惹かれて歌を作ってきました。敬愛する歌人の方々の親身なご指導を受けてこられたことはまことに幸運だと思っております。

この歌集は短歌を作り始めた二〇〇六年から二〇一八年の九月までの四百九首を収めたものです。前半の百七十首ほどの殆どは小島教室での詠草であり、残りの大部分は「かりん」誌に発表しております。また、書名のアルゴンキンはカナダ・オンタリオ州立公園の名です。そこはアメリカアカオオカミの保護生息地に指定されており、「億年」の節にある表題を含む歌が浮かんだ時にはオオカミの応えの遠吠えに耳を澄ましておりました。

懇切なお導きをいただいた坂井修一先生、小島先生、米川先生には深い感謝の思いを捧げます。特に、解説執筆の労をお取りくださった坂井先生には日頃の温かく真摯なご指導を含めて御礼を申し上げます。お歌を通して導いて下さる馬場あき子先生には憧憬の念を抱き続けております。その馬場先生に帯文を頂きましたことを大変嬉しく思います。また、詠草の評価に当たられた「かりん」誌編集の方々に感謝いたしております。かりんつくば歌会の方々、小島教室の会員の方々、ご助言と励ましをありがとうございました。

出版にあたりましては、短歌研究社の國兼秀二様、菊池洋美様には校正や装丁などで大変お世話になりましたことを感謝いたします。

妻の節子は二つの教室の紹介など、大切なきっかけを作ってくれました。変わらぬ理解と励ましは誠に有り難いと思っております。

この歌集を読んで下さった方が、もし、何か新しい見方や感じ方に共感していただけましたら望外の幸せであります。

二〇一八年十二月

小野雅敏

著者略歴

1941年	東京都生まれ
2006年～	小島ゆかり短歌教室
2015年～2017年	米川千嘉子短歌教室
2016年	歌林の会入会、つくば歌会
1966年～2017年	早大理工修士修了後、 国立研究所、民間研究所等に勤務

省略　検印

かりん叢書第三三九篇

平成三十一年二月十九日　印刷発行

歌集　アルゴンキン

定価　本体二五〇〇円（税別）

著者　小《お》野《の》雅《まさ》敏《とし》
郵便番号三〇五―〇〇二三
茨城県つくば市上ノ室一二八〇

発行者　國兼秀二

発行所　短歌研究社
郵便番号一一二―〇〇一三
東京都文京区音羽一―一七―一四　音羽YKビル
電話〇三（三九四四）四八二二・四八三三
振替〇〇一九〇―九―二四三七五番

印刷者　豊国印刷
製本者　牧製本

ISBN 978-4-86272-598-1 C0092 ¥2500E